志摩的詩

猛虎集

徐志摩著

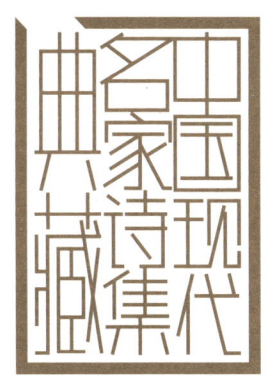

志摩的诗
猛虎集

徐志摩 —— 著

中国现代名家诗集典藏

人民文学出版社

图书在版编目（CIP）数据

志摩的诗　猛虎集/徐志摩著．—北京：人民文学出版社，2020

（中国现代名家诗集典藏）

ISBN 978-7-02-016511-7

Ⅰ.①志… Ⅱ.①徐… Ⅲ.①诗集—中国—现代 Ⅳ.①I226

中国版本图书馆CIP数据核字（2020）第132127号

项目策划	张贤明
责任编辑	张贤明　温　淳
装帧设计	刘　静
责任印制	史　帅

出版发行	人民文学出版社
社　　址	北京市朝内大街166号
邮政编码	100705
网　　址	http://www.rw-cn.com
印　　刷	三河市中晟雅豪印务有限公司
经　　销	全国新华书店等
字　　数	77千字
开　　本	787毫米×1092毫米　1/32
印　　张	5.625　插页1
印　　数	1—5000
版　　次	2020年9月北京第1版
印　　次	2020年9月第1次印刷
书　　号	978-7-02-016511-7
定　　价	35.00元

如有印装质量问题，请与本社图书销售中心调换。电话:010-65233595

出版说明

在五四新文化运动走过百年之际,由人民文学出版社现代文学编辑室编辑出版的"中国现代名家诗集典藏"丛书与广大读者见面了。

人民文学出版社是新中国最早系统出版中国现代文学作品的专业出版机构。早在建社之初就设立了鲁迅著作编辑室和"五四"文学编辑组。1982年,又将这两个内设机构整合为现代文学编辑室。编辑出版中国现代文学作家的传世作品,已成为人民文学出版社的光荣传统。

时间跨度三十余年的中国现代文学,呈现出"启蒙、救亡和翻身"三大主题,而勇立潮头的现代新诗更是张扬了诗歌的抒情天性,诗人们为人民抒情,将时代的主题在最高点释放,共同奏响民族独立和人民解放的杰出篇章。因此,那些在当时由作者亲自编订并产生了重大反响且至今仍有口碑的著名诗集,广大的诗歌爱好者、创作者、研究者和收藏者仍然念念不忘。我们觉得让这些诗集得以原味呈现,对于广大的读者来说,无疑是必要的。

鉴于此,我们推出这套"中国现代名家诗集典藏"丛书,选入胡适的《尝试集》,郭沫若的《女神》,冰心的《繁星　春水》,徐志摩的《志摩的诗　猛虎集》,闻一多的《红烛　死水》,戴望舒的《望舒诗稿》,艾青的《大堰河　北方》,穆旦的《穆旦诗集》。选本均为原版诗集。

在编选过程中,我们充分尊重原版的用字习惯、编排顺序和编辑体例,除少量外文词句配以简要注释、对原版中发现的用字和标点差错予以订正外,尽量保持原版原貌,希望能给读者带来质朴原味的阅读体验。

编选者志在精编精印,为亲爱的读者提供优质的诗歌版本。

人民文学出版社编辑部
2020 年 6 月

目 录

志摩的诗

雪花的快乐	003
沙扬娜拉一首赠日本女郎	005
落叶小唱	006
为谁	008
问谁	010
这是一个懦怯的世界	014
去罢	016
一星弱火	018
为要寻一个明星	020
不再是我的乖乖	022
多谢天！我的心又一度的跳荡	024
我有一个恋爱	027
无题	029
消息	031

夜半松风	032
月下雷峰影片	033
沪杭车中	034
难得	035
古怪的世界	037
天国的消息	039
乡村里的音籁	040
她是睡着了	042
五老峰	045
朝雾里的小草花	048
在那山道旁	049
石虎胡同七号	051
先生！先生！	053
叫化活该	055
谁知道	056
残诗	060
盖上几张油纸	061
太平景象	064
卡尔佛里	066
一条金色的光痕（硖石土白）	070
灰色的人生	072
破庙	074

恋爱到底是什么一回事	076
常州天宁寺闻礼忏声	078
毒药	081
白旗	083
婴儿	085

猛 虎 集

序文	089
献词	096
我等候你	098
春的投生	102
拜献	104
渺小	105
阔的海	106
泰山	107
猛虎 (*The Tiger* by William Blake)	108
"他眼里有你"	110
在不知名的道旁(印度)	111
车上	113
车眺	115
再别康桥	118
干着急	120

俘虏颂	121
秋虫	124
西窗	126
怨得	131
深夜	132
季候	133
杜鹃	134
黄鹂	135
秋月	136
山中	138
两个月亮	140
给——	142
一块晦色的路碑	144
歌（冠列士丁娜·罗塞蒂）	145
诔词（安诺得）	147
枉然	149
生活	150
残春	151
残破	152
活该	155
卑微	157
"我不知道风是在那一个方向吹"	158

哈代	160
哈代八十六岁诞日自述	163
对月(哈代)	165
一个星期(哈代)	167
死尸 *Une Charogne* by Charles Baudelaire	
Les Fleurs du Mal	169

志摩的诗

据一九三三年二月新月书店版排印

雪花的快乐

假如我是一朵雪花,
翩翩的在半空里潇洒,
　我一定认清我的方向——
　飞飏,飞飏,飞飏,——
这地面上有我的方向。

不去那冷寞的幽谷,
不去那凄清的山麓,
　也不上荒街去惆怅!——
　飞飏,飞飏,飞飏,——
你看,我有我的方向!

在半空里娟娟的飞舞,
认明了那清幽的住处,
　等着她来花园里探望——
　飞飏,飞飏,飞飏,——

啊,她身上有朱砂梅的清香!

那时我凭藉我的身轻,
盈盈的,沾住了她的衣襟,
　贴近她柔波似的心胸——
　消溶,消溶,消溶——
溶入了她柔波似的心胸!

沙扬娜拉一首 赠日本女郎

最是那一低头的温柔,
　像一朵水莲花不胜凉风的娇羞,
道一声珍重,道一声珍重,
　那一声珍重里有蜜甜的忧愁——
　　沙扬娜拉!

落叶小唱

一阵声响转上了阶沿
(我正挨近着梦乡边;)
这回准是她的脚步了,我想——
　　在这深夜!

一声剥啄在我的窗上
(我正靠紧着睡乡旁;)
这准是她来闹着玩——你看,
　　我偏不张皇!

一个声息贴近我的床,
我说(一半是睡梦,一半是迷惘:)——
"你总不能明白我,你又何苦
　　多叫我心伤!"

一声喟息落在我的枕边

(我已在梦乡里留恋;)
"我负了你"你说——你的热泪
  烫着我的脸!

这音响恼着我的梦魂
(落叶在庭前舞,一阵,又一阵;)
梦完了,阿,回复清醒;恼人的——
  却只是秋声!

为　谁

这几天秋风来得格外的尖厉：
　　我怕看我们的庭院，
　　树叶伤鸟似的猛旋，
　　中着了无形的利箭——
没了,全没了:生命,颜色,美丽：

就剩下西墙上的几道爬山虎：
　　他那豹斑似的秋色，
　　忍熬着风拳的打击，
　　低低的喘一声乌邑——①
"我为你耐着！"他仿佛对我声诉。

他为我耐着！那艳色的秋萝，
　　但秋风不容情的追，

---

① 乌邑应为"呜咽"意。

追,(摧残是他的恩惠!)
　追尽了生命的余辉——
这回墙上不见了勇敢的秋萝!

今夜那青光的三星在天上
　倾听着秋后的空院,
　悄悄的,更不闻呜咽:
　落叶在泥土里安眠——
只我在这深夜,啊,为谁凄惘?

问　谁

问谁？阿,这光阴的播弄
　　问谁去声诉,
在这冻沈沈的深夜,凄风
　　吹拂她的新墓?

"看守,你须用心的看守,
　　这活泼的流溪,
莫错过,在这清波里优游,
　　青脐与红鳍!"

那无声的私语在我的耳边
　　似曾幽幽的吹嘘,——
像秋雾里的远山,半化烟,
　　在晓风前卷舒。

因此我紧揽着我生命的绳网,

像一个守夜的渔翁,
兢兢的,注视着那无尽流的时光——
　　私冀有彩鳞掀涌。

但如今,如今只余这破烂的渔网——
　　嘲讽我的希冀,
我喘息的怅望着不复返的时光:
　　泪依依的憔悴!

又何况在这黑夜里徘徊:
　　黑夜似的痛楚:
一个星芒下的黑影凄迷——
　　留连着一个新墓!

问谁……我不敢怆呼,怕惊扰
　　这墓底的清淳;
我俯身,我伸手向她搂抱——
　　阿,这半潮润的新坟!

这惨人的旷野无有边沿,
　　远处有村火星星,
丛林中有鸱鸮在悍辩——

此地有伤心,只影!

这黑夜,深沈的,环包着大地:
　　笼罩着你与我——
你,静凄凄的安眠在墓底;
　　我,在迷醉里摩挲!

正愿天光更不从东方
　　按时的泛滥:
我便永远依偎着这墓旁——
　　在沈寂里消幻——

但青曦已在那天边吐露,
　　苏醒的林鸟,
已在远近间相应的喧呼——
　　又是一度清晓。

不久,这严冬过去,东风
　　又来催促青条:
便妆缀这冷落的墓宫,
　　亦不无花草飘飖。

但为你,我爱,如今永远封禁
 在这无情的地下——
我更不盼天光,更无有春信:
 我的是无边的黑夜!

这是一个懦怯的世界

这是一个懦怯的世界：
　容不得恋爱，容不得恋爱！
披散你的满头发，
赤露你的一双脚；
　跟着我来，我的恋爱，
抛弃这个世界
殉我们的恋爱！

我拉着你的手，
爱，你跟着我走；
　听凭荆棘把我们的脚心刺透，
　听凭冰雹劈破我们的头，
你跟着我走，
我拉着你的手，
　逃出了牢笼，恢复我们的自由！

跟着我来,
　我的恋爱!
人间已经掉落在我们的后背,——
看呀,这不是白茫茫的大海?
白茫茫的大海,
白茫茫的大海,
　无边的自由,我与你与恋爱!

顺着我的指头看,
那天边一小星的蓝——
　那是一座岛,岛上有青草,
　鲜花,美丽的走兽与飞鸟;
快上这轻快的小艇,
去到那理想的天庭——
　恋爱,欢欣,自由——辞别了人间,永远!

去　罢

去罢,人间,去罢!
　我独立在高山的峰上;
去罢,人间,去罢!
　我面对着无极的穹苍。

去罢,青年,去罢!
　与幽谷的香草同埋;
去罢,青年,去罢!
　悲哀付与暮天的群鸦。

去罢,梦乡,去罢!
　我把幻景的玉杯摔破;
去罢,梦乡,去罢!
　我笑受山风与海涛之贺。

去罢,种种,去罢!

当前有插天的高峰!
去罢,一切,去罢!
　　当前有无穷的无穷!

一星弱火

我独坐在半山的石上,
　看前峰的白云蒸腾,
一只不知名的小雀,
　嘲讽着我迷惘的神魂。

白云一饼饼的飞升,
　化入了辽远的无垠;
但在我逼仄的心头,啊,
　却凝敛着惨雾与愁云!

皎洁的晨光已经透露,
　洗净了青屿似的前峰;
像墓墟间的磷光惨淡,
　一星的微焰在我的胸中。

但这惨淡的弱火一星,

照射着残骸与余烬，
虽则是往迹的嘲讽，
　却绵绵的长随时间进行！

为要寻一个明星

我骑着一匹拐腿的瞎马,
　向着黑夜里加鞭;——
　向着黑夜里加鞭,
我跨着一匹拐腿的瞎马!

我冲入这黑绵绵的昏夜,
　为要寻一颗明星;——
　为要寻一颗明星,
我冲入这黑茫茫的荒野。

累坏了,累坏了我跨下的牲口。
　那明星还不出现;——
　那明星还不出现,
累坏了,累坏了马鞍上的身手。

这回天上透出了水晶似的光明,

荒野里倒着一只牲口,
黑夜里躺着一具尸首。——
这回天上透出了水晶似的光明!

不再是我的乖乖

（一）

前天我是一个小孩，
这海滩最是我的爱；
早起的太阳赛如火炉，
趁暖和我来做我的工夫：
捡满一衣兜的贝壳，
在这海砂上起造宫阙：
哦，这浪头来得凶恶，
冲了我得意的建筑——
我喊一声海，海！
你是我小孩儿的乖乖！

（二）

昨天我是一个"情种"，

到这海滩上来发疯；
西天的晚霞慢慢的死，
血红变成姜黄，又变紫，
一颗星在半空里窥伺，
我匐伏在砂堆里画字，
一个字，一个字，又一个字，
谁说不是我心爱的游戏？
我喊一声海，海！
不许你有一点儿的更改！

(三)

今天！咳，为什么要有今天？
不比从前，没了我的疯癫，
再没有小孩时的新鲜，
这回再不来这大海的边沿！
头顶不见天光的方便，
海上只暗沉沉的一片，
暗潮侵蚀了砂字的痕迹，
却冲不淡我悲惨的颜色——
我喊一声海，海！
你从此不再是我的乖乖！

多谢天！我的心又一度的跳荡

多谢天！我的心又一度的跳荡，
这天蓝与海青与明洁的阳光
驱净了梅雨时期无欢的踪迹，
也散放了我心头的网罗与纽结，
像一朵曼陀罗花英英的露爽
在空灵与自由中忘却了迷惘——
迷惘，迷惘！也不知来自何处，
囚禁着我心灵的自然的流露，
可怖的梦魇，黑夜无边的惨酷，
苏醒的盼切，只增剧灵魂的麻木！
曾经有多少的白昼，黄昏，清晨，
嘲讽我这蚕茧似不生产的生存？
也不知有几遭的明月，星群，晴霞，
山岭的高亢与流水的光华……
辜负！辜负自然界叫唤的殷勤，
惊不醒这沈醉的昏迷与顽冥！

如今,多谢这无名的博大的光辉,
在艳色的青波与绿岛间萦洄,
更有那渔船与航影,亭亭的黏附
在天边,唤起辽远的梦景与梦趣:
我不由的惊悚,我不由的感愧
(有时微笑的妩媚是启悟的棒槌!)
是何来倏忽的神明,为我解脱
忧愁,新竹似的豁裂了外箨,
透露内里的青筀,又为我洗净
障眼的盲翳,重见宇宙间的欢欣。

这或许是我生命重新的机兆;
大自然的精神!容纳我的祈祷,
容许我的不踌躇的注视,容许
我的热情的献致,容许我保持
这显示的神奇,这现在与此地,
这不可比拟的一切间隔的毁灭!
我更不问我的希望,我的惆怅,
未来与过去只是渺茫的幻想,
更不向人间访问幸福的进门,
只求每时分给我不死的印痕,——

变一颗埃尘,一颗无形的埃尘,
追随着造化的车轮,进行,进行……

我有一个恋爱

我有一个恋爱；——
我爱天上的明星；
我爱他们的晶莹：
　人间没有这异样的神明。

在冷峭的暮冬的黄昏，
在寂寞的灰色的清晨。
在海上，在风雨后的山顶——
　永远有一颗，万颗的明星！

山涧边小草花的知心，
高楼上小孩童的欢欣，
旅行人的灯亮与南针：——
　万万里外闪烁的精灵！

我有一个破碎的魂灵，

像一堆破碎的水晶,
散布在荒野的枯草里——
  饱啜你一瞬瞬的殷勤。

人生的冰激与柔情,
我也曾尝味,我也曾容忍;
有时阶砌下蟋蟀的秋吟,
  引起我心伤,逼迫我泪零。

我袒露我的坦白的胸襟,
  献爱与一天的明星;
任凭人生是幻是真,
地球存在或是消泯——
  太空中永远有不昧的明星!

无 题

原是你的本分,朝山人的胫踝,
这荆刺的伤痛！回看你的来路,
看那草丛乱石间斑斑的血迹,
在暮霭里记认你从来的踪迹！
且缓抚摩你的肢体,你的止境
还远在那白云环拱处的山岭！

无声的暮烟,远从那山麓与林边,
渐渐的潮没了这旷野,这荒天,
你渺小的孑影面对这冥盲的前程,
像在怒涛间的轻航失去了南针；
更有那黑夜的恐怖,悚骨的狼嗥,
狐鸣,鹰啸,蔓草间有腹蛇缠绕！

退后？——昏夜一般的吞蚀血染的来踪,
倒地？——这懦怯的累赘问谁去收容？

前冲?阿,前冲!冲破这黑暗的冥凶,
冲破一切的恐怖,迟疑,畏葸,苦痛,
血淋漓的践踏过三角棱的劲刺,
丛莽中伏兽的利爪,婉婉的虫豸!

前冲;灵魂的勇是你成功的秘密!
这回你看,在这决心舍命的瞬息,
迷雾已经让路,让给不变的天光,
一弯青玉似的明月在云隙里探望,
依稀窗纱间美人启齿的瓠犀,——
那是灵感的赞许,最恩宠的赠与!

更有那高峰,你那最想望的高峰,
亦已涌现在当前,莲苞似的玲珑,
在蓝天里,在月华中,秾艳,崇高,——
朝山人,这异象便是你跋涉的酬劳!

消　息

雷雨暂时收敛了；
　　双龙似的双虹，
　　显现在雾霭中，
　　夭矫,鲜艳,生动,——
好兆！明天准是好天了。

什么！又(是一阵)打雷了,——
　　在云外,在天外,
　　又是一片暗淡,
　　不见了鲜虹彩,——
希望,不曾站稳,又毁了。

夜半松风

这是冬夜的山坡,
坡下一座冷落的僧庐,
庐内一个孤独的梦魂:
　　在忏悔中祈祷,在绝望中沈沦;——

为什么这怒嗷,这狂啸,
鼍鼓与金钲与虎与豹?
为什么这幽诉,这私慕?
烈情的惨剧与人生的坎坷——
　　又一度潮水似的淹没了
这彷徨的梦魂与冷落的僧庐?

月下雷峰影片

　　我送你一个雷峰塔影,
　　　　满天稠密的黑云与白云;
　　我送你一个雷峰塔顶,
　　　　明月泻影在眠熟的波心。

　　深深的黑夜,依依的塔影,
　　　　团团的月彩,纤纤的波鳞——
　　假如你我荡一支无遮的小艇,
　　　　假如你我创一个完全的梦境!

沪杭车中

匆匆匆!催催催!
一卷烟,一片山,几点云影,
一道水,一条桥,一支橹声,
一林松,一丛竹,红叶纷纷;

艳色的田野,艳色的秋景,
梦境似的分明,模糊,消隐,——
催催催!是车轮还是光阴?
催老了秋容,催老了人生!

难　得

难得,夜这般的清静,
　　难得,炉火这般的温,
更是难得,无言的相对,
　　一双寂寞的灵魂!

也不必筹营,也不必评论,
　　更没有虚骄,猜忌与嫌憎,
只静静的坐对着一炉火,
　　只静静的默数远巷的更。

喝一口白水,朋友,
　　滋润你的干裂的口唇;
你添上几块煤,朋友,
　　一炉的红焰感念你的殷勤。

在冰冷的冬夜,朋友,

人们方始珍重难得的炉薪；
在这冰冷的世界，
　　方始凝结了少数同情的心！

古怪的世界

  从松江的石湖塘
  上车来老妇一双,
颤巍巍的承住弓形的老人身,
多谢(我猜是)普渡山的盘龙藤:

  青布棉袄,黑布棉套,
  头毛半秃,齿牙半耗:
肩挨肩的坐落在阳光暖暖的窗前,
畏葸的,呢喃的,像一对寒天的老燕;

  震震的干枯的手背,
  震震的皱缩的下颏:
这二老!是妯娌,是姑嫂,是姊妹?——
紧挨着,老眼中有伤悲的眼泪!

  怜悯!贫苦不是卑贱,

老衰中有无限庄严;——
老年人有什么悲哀,为什么凄伤?
为什么在这快乐的新年,抛却家乡?

　　同车里杂遝的人声,
　　轨道上疾转着车轮;
我独自的,独自的沈思这世界古怪——
是谁吹弄着那不调谐的人道的音籁?

天国的消息

可爱的秋景！无声的落叶，
轻盈的轻盈的,掉落在这小径,
竹篱内,隐约的,有小儿女的笑声：

呖呖的清音,缭绕着村舍的静谧,
仿佛是幽谷里的小鸟,欢噪着清晨,
驱散了昏夜的晦塞,开始无限光明。

霎那的欢欣,昙花似的涌现,
开豁了我的情绪,忘却了春恋,
人生的惶惑与悲哀,惆怅与短促——
在这稚子的欢笑声里,想见了天国！

晚霞泛滥着金色的枫林；
凉风吹拂着我孤独的身形；
我灵海里啸响着伟大的波涛,
应和更伟大的脉搏,更伟大的灵潮！

乡村里的音籁

小舟在垂柳荫间缓泛——
　一阵阵初秋的凉风,
　　吹生了水面的漪绒,
吹来两岸乡村里的音籁。

我独自凭着船窗闲憩,
　静看着一河的波幻,
　　静听着远近的音籁,——
又一度与童年的情景默契!

这是清脆的稚儿的呼唤,
　田场上工作纷纭,
　　竹篱边犬吠鸡鸣:
但这无端的悲感与凄惋!

白云在蓝天里飞行;

我欲把恼人的年岁,
　　我欲把恼人的情爱,
托付与无涯的空灵——消泯;

回复我纯朴的,美丽的童心:
　　像山谷里的冷泉一勺,
　　像晓风里的白头乳鹊,
像池畔的草花,自然的鲜明。

她是睡着了

　　她是睡着了——
星光下一朵斜欹的白莲;
　　她入梦境了——
香炉里袅起一缕碧螺烟。

　　她是眠熟了——
涧泉幽抑了喧响的琴弦;
　　她在梦乡了——
粉蝶儿,翠蝶儿,翻飞的欢恋。

　　停匀的呼吸:
清芬渗透了她的周遭的清氛;
　　有福的清氛
怀抱着,抚摩着,她纤纤的身形!

　　奢侈的光阴!

静,沙沙的尽是闪亮的黄金,
　平铺着无垠,——
波鳞间轻漾着光艳的小艇。

　醉心的光景:
给我披一件彩衣,啜一坛芳醴,
　折一支藤花,
舞,在葡萄丛中颠倒,昏迷。

　看呀,美丽!
三春的颜色移上了她的香肌,
　是玫瑰,是月季,
是朝阳里的水仙,鲜妍,芳菲!

　梦底的幽秘,
挑逗着她的心——纯洁的灵魂——
　像一只蜂儿,
在花心,恣意的唐突——温存。

　童真的梦境!
静默;休教惊断了梦神的殷勤;
　抽一丝金络,

抽一丝银络,抽一丝晚霞的紫曛;

　　玉腕与金梭,
织缣似的精审,更番的穿度——
　　化生了彩霞,
神阙,安琪儿的歌,安琪儿的舞。

　　可爱的梨涡,
解释了处女的梦境的欢喜,
　　像一颗露珠,
颤动的,在荷盘中闪耀着晨曦!

五 老 峰

不可摇撼的神奇,
　　　　不容注视的威严,
这耸峙,这横蟠,
　　　　这不可攀援的峻险!
看! 那巉岩缺处
　　　　透露着天,窈远的苍天,
在无限广博的怀抱间,
　　　　这旁礴的伟象显现!

是谁的意境,是谁的想像?
　　　　是谁的工程与搏造的手痕?
在这亘古的空灵中
　　　　陵慢着天风,天体与天氛!
有时朵朵明媚的彩云,
　　　　轻颤的妆缀着老人们的苍鬓,
像一树虬干的古梅在月下

吐露了艳色鲜葩的清芬!

山麓前伐木的村童,
　　在山涧的清流中洗濯,呼啸,
认识老人们的嗔謈,
　　迷雾海沫似的喷涌,铺罩,
淹没了谷内的青林,
　　隔绝了鄱阳的水色袅渺,
陡壁前闪亮着火电,听呀!
　　五老们在渺茫的雾海外狂笑!

朝霞照他们的前胸,
　　晚霞戏逗着他们赤秃的头颅;
黄昏时,听异鸟的欢呼,
　　在他们鸠盘的肩旁怯怯的透露
不昧的星光与月彩:
　　柔波里缓泛着的小艇与轻舸。
听呀!在海会静穆的钟声里,
　　有朝山人在落叶林中过路!

更无有人事的虚荣,
　　更无有尘世的仓促与噩梦,

灵魂！记取这从容与伟大。
　　在五老峰前饱啜自由的山风！
这不是山峰，这是古圣人的祈祷，
　　凝聚成这"冻乐"似的建筑神工，
给人间一个不朽的凭证——
　　一个"崛强的疑问"在无极的蓝空！

朝雾里的小草花

这岂是偶然,小玲珑的野花!
　你轻含着闪亮的珍珠,
　　像是慕光明的花蛾,
在黑暗里想念着焰,彩晴霞;

我此时在这蔓草丛中过路,
　无端的内感惆怅与惊讶,
　　在这迷雾里,在这岩壁下,
思忖着,泪怦怦的,人生与鲜露?

在那山道旁

在那山道旁,一天雾濛濛的朝上,
初生的小蓝花在草丛里窥觑,
我送别她归去,与她在此分离,
在青草里飘拂,她的洁白的裙衣。

我不曾开言,她亦不曾告辞,
驻足在山道旁,我黯黯的寻思;
"吐露你的秘密,这不是最好时机?"——
露湛的小草花,仿佛恼我的迟疑。

为什么迟疑,这是最后的时机,
在这山道旁,在这雾盲的朝上?
收集了勇气,向着她我旋转身去:——
但是阿!为什么她这满眼凄惶?

我咽住了我的话,低下了我的头:

火灼与冰激在我的心胸间回荡,
阿,我认识了我的命运,她的忧愁,——
在这浓雾里,在这凄清的道旁!

在那天朝上,在雾茫茫的山道旁,
新生的小蓝花在草丛里睥睨,
我目送她远去,与她从此分离——
在青草间飘拂,她那洁白的裙衣!

石虎胡同七号

我们的小园庭,有时荡漾着无限温柔:
善笑的藤娘,祖酥怀任团团的柿掌绸缪,
百尺的槐翁,在微风中俯身将棠姑抱搂,
黄狗在篱边,守候睡熟的珀儿,他的小友,
小雀儿新制求婚的艳曲,在媚唱无休——
我们的小园庭,有时荡漾着无限温柔。

我们的小园庭,有时淡描着依稀的梦景;
雨过的苍茫与满庭荫绿,织成无声幽瞑,
小蛙独坐在残兰的胸前,听隔院蚓鸣,
一片化不尽的雨云,倦展在老槐树顶,
掠檐前作圆形的舞旋,是蝙蝠,还是蜻蜓?——
我们的小园庭,有时淡描着依稀的梦景。

我们的小园庭,有时轻喟着一声奈何;
奈何在暴雨时,雨槌下捣烂鲜红无数,

奈何在新秋时,未凋的青叶惆怅地辞树。
奈何在深夜里,月儿乘云艇归去,西墙已度,
远巷薤露的乐音,一阵阵被冷风吹过——
我们的小园庭,有时轻喟着一声奈何。

我们的小园庭,有时沉浸在快乐之中;
雨后的黄昏,满院只美荫,清香与凉风,
大量的蹇翁,巨樽在手,蹇足直指天空,
一斤,两斤,杯底喝尽,满怀酒欢,满面酒红,
连珠的笑响中,浮沉着神仙似的酒翁——
我们的小园庭,有时沉浸在快乐之中。

先生！先生！

钢丝的车轮
在偏僻的小巷内飞奔——
"先生，我给先生请安您哪，先生。"

迎面一蹲身
一个单布褂的女孩颤动着呼声——
雪白的车轮在冰冷的北风里飞奔。

紧紧的跟，紧紧的跟，
破烂的孩子追赶着铄亮的车轮
"先生，可怜我一大化吧，善心的先生！"

"可怜我的妈，
她又饿又冻又病，躺在道儿边直呻——
您修好，赏给我们一顿窝窝头您哪，先生！"

"没有带子儿,"
坐车的先生说,车里戴大皮帽的先生——
飞奔,急转的双轮,紧追,小孩的呼声。

一路旋风似的土尘,
土尘里飞转着银晃晃的车轮——
"先生,可是您出门不能不带钱您哪,先生。"

"先生!……先生!"
紫涨的小孩,气喘着,断续的呼声——
飞奔,飞奔,橡皮的车轮不住的飞奔。

飞奔……先生……
飞奔……先生……
先生……先生……先生……

叫化活该

"行善的大姑,修好的爷,"
　　西北风尖刀似的猛刺着他的脸,
"赏给我一点你们吃剩的油水吧!"
　　一团模糊的黑影,捱紧在大门边。

"可怜我快饿死了,发财的爷,"
　　大门内有欢笑,有红炉,有玉杯;
"可怜我快冻死了,有福的爷,"
　　大门外西北风笑说,"叫化活该!"

我也是战栗的黑影一堆,
　　蠕伏在人道的前街;
我也只要一些同情的温暖,
　　遮掩我的剐残的余骸——

但这沈沈的紧闭的大门:谁来理睬,
街道上只冷风的嘲讽,"叫化活该!"

谁 知 道

我在深夜里坐着车回家——
一个褴褛的老头他使着劲儿拉；
　　天上不见一个星，
　　街上没有一只灯：
　　那车灯的小火
　　冲着街心里的土——
　　左一个颠簸，右一个颠簸，
　　拉车的走着他的跟跄步；
　　……

"我说——我说拉车的喂！这道儿那……那儿有这么远？"
"可不是先生？这道儿真——真远！"
"可是……你拉我回家……你走错了道儿没有！"
"谁知道先生！谁知道走错了道儿没有！"
　　……

"我说拉车的,这道儿那儿能这么的黑?"
"可不是先生?这道儿真——真黑!"
他拉——拉过了一条街,穿过了一座门,
转一个弯,转一个弯,一般的暗沈沈;——

　　天上不见一个星,
　　街上没有一个灯,
　　那车灯的小火
　　蒙着街心里的土——
　　左一个颠簸,右一个颠簸,
　　拉车的走着他的跟跄步;
　　……

"我说拉车的,这道儿那儿能这么的静?"
"可不是先生?这道儿真——真静!"
他拉——紧贴着一垛墙,长城似的长,
过一处河沿,转入了黑遥遥的旷野;——

　　天上不露一颗星,
　　道上没有一只灯
　　那车灯的小火
　　晃着道儿上的土——
　　左一个颠簸,右一个颠簸,
　　拉车的走着他的跟跄步;

……

"我说拉车的,怎么这儿道上一个人都不见?"
"倒是有,先生,就是您不大瞧得见!"
　　我骨髓里一阵子的冷——
　　那边青缭缭的是鬼还是人?
　　仿佛听着呜咽与笑声——
　　阿,原来这遍地都是坟!
　　　　天上不亮一颗星,
　　　　道上没有一只灯:
　　　　那车灯的小火
　　　　缭着道儿上的土——
　　　　左一个颠簸,右一个颠簸,
　　　　拉车的跨着他的跟跄步;
　　　　……

我在深夜里坐着车回家,
一堆不相识的褴褛他,使着劲儿拉;
　　　　天上不明一颗星,
　　　　道上不见一只灯:
　　　　只那车灯的小火
　　　　袅着道儿上的土——

左一个颠簸,右一个颠簸,
拉车的跨着他的蹒跚步。

残　诗

怨谁？怨谁？这不是青天里打雷？
关着,锁上;赶明儿瓷花砖上堆灰!
别瞧这白石台阶儿光滑,赶明儿,唉,
石缝里长草,石板上青青的全是莓!
那廊下的青玉缸里养着鱼,真凤尾,
可还有谁给换水,谁给捞草,谁给喂?
要不了三五天准翻着白肚鼓着眼,
不浮着死,也就让冰分儿压一个扁!
顶可怜是那几个红嘴绿毛的鹦哥,
让娘娘教得顶乖,会跟着洞箫唱歌,
真娇养惯,喂食一迟,就叫人名儿骂,
现在,您叫去! 就剩空院子给您答话!……

盖上几张油纸

一片,一片,半空里
　　掉下雪片;
有一个妇人,有一个妇人,
　　独坐在阶沿。

虎虎的,虎虎的,风响
　　在树林间;
有一个妇人,有一个妇人,
　　独自在哽咽。

为什么伤心,妇人,
　　这大冷的雪天?
为什么啼哭,莫非是
　　失掉了钗钿?

不是的,先生,不是的,

不是为钗钿；
也是的,也是的,我不见了
　　我的心恋。

那边松林里,山脚下,先生,
　　有一只小木箧,
装着我的宝贝,我的心,
　　三岁儿的嫩骨!

昨夜我梦见我的儿:
　　叫一声"娘呀——
天冷了,天冷了,天冷了,
　　儿的亲娘呀!"

今天果然下大雪,屋檐前
　　望得见冰条,
我在冷冰冰的被窝里摸——
　　摸我的宝宝。

方才我买来几张油纸,
　　盖在儿的床上;
我唤不醒我熟睡的儿——

我因此心伤。

一片,一片,半空里
　掉下雪片;
有一个妇人,有一个妇人,
　独坐在阶沿。

虎虎的,虎虎的,风响
　在树林间;
有一个妇人,有一个妇人,
　独自在哽咽。

太平景象

"卖油条的,来六根——再来六根。"
"要香烟吗?老总们,大英牌,大前门?
多留几包也好,前边什么买卖都不成。"

"这枪好,德国来的,装弹时手顺;"
"我哥有信来,前天,说我妈有病;"
"哼,管得你妈,咱们去打仗要紧。"

"亏得在江南,离着家千里的路程,
要不然我的家里人……唉,管得他们
眼红眼青,咱们吃粮的眼不见为净!"

"说是,这世界!做鬼不幸,活着也不称心;
谁没有家人老小,谁愿意来当兵拼命?"
"可是你不听长官说,打伤了有恤金!"

"我就不希罕那猫儿哭耗子的恤金!
脑袋就是一个,我就想不透为么要上阵,
砰,砰,打自个儿的弟兄,损己,又不利人。

"你不见李二哥回来,烂了半个脸,全青?
他说前边稻田里的尸体,简直像牛粪,
全的,残的,死透的,半死的,烂臭,难闻。"

"我说这儿江南人倒懂事,他们死不当兵;
你看这路旁的皮棺,那田里玲巧的享亭,
草也青,树也青,做鬼也落个清静:

"比不得我们——可不是火车已经开行?——
天生是稻田里的牛粪——唉,稻田里的牛粪!"
"喂,卖油条的,赶上来,快,我还要六根。"

卡尔佛里

喂,看热闹去,朋友! 在那儿?
卡尔佛里。今天是杀人的日子;
两个是贼,还有一个——不知到底
是谁?有人说他是一个魔鬼;
有人说他是天父的亲儿子,
米赛亚……看,那就是,他来了!
咦,为什么有人替他抗着
他的十字架?你看那两个贼,
满头的乱发,眼睛里烧着火,
十字架压着他们的肩背!
他们跟着耶稣走着;唉,耶稣,
他到底是谁?他们都说他有
权威,你看他那样子顶和善,
顶谦卑——听着,他说话了!他说:
"父呀,饶恕他们罢,他们自己
都不知道他们犯的是什么罪。"

我说你觉不觉得他那话怪,
听了叫人毛管里直淌冷汗?
那黄头毛的贼,你看,好像是
梦醒了,他脸上全变了气色,
眼里直流着白豆粗的眼泪;
准是变善了! 谁要能赦了他,
保管他比祭司不差什么高矮!……
再看那妇女们! 小羊似的一群,
也跟著耶稣的后背,头也不包,
发也不梳,直哭,直叫,直嚷,
倒像上十字架的是他们亲生
儿子;倒像明天太阳不透亮……
再看那群得意的犹大,法利赛,
法利赛,穿着长袍,戴着高帽,
一脸的奸相;他们也跟在后背,
他们这才得意哪,瞧他们那笑!
我真受不了那假味儿,你呢?
听他们还嚷着哪:"快点儿走,
上'人头山'去,钉死他,活钉死他!"……
唉,躲在墙边高个儿的那个?
不错,我认得,黑黑的脸,矮矮的,[①]
就是他该死,他就是犹大斯!

---

① 原诗为"不错,我认得,黑黑的,脸矮矮的,"疑似错排。

不错,他的门徒。门徒算什么!
耶稣就让他卖,卖现钱,你知道!
他们也不止一半天的交情哪:
他跟着耶稣吃苦就有好几年,
谁知他贪小,变了心,真是狗屎!
那还只前天,我听说,他们一起
吃晚饭,耶稣与他十二个门徒,
犹大斯就算一枚,耶稣早知道,
迟早他的命,他的血,得让他卖;
可不是他的血?吃晚饭时他说,
"他把自己的肉喂他们的饿,
也把他自己的血止他们的渴,"
意思要他们逢着患难时多少
帮着一点:他还亲手舀着水
替他们洗脚,犹大斯都有分,
还拿自己的腰布替他们擦干!
谁知那大个儿的黑脸他,没等
擦干嘴,就拿他主人去换钱:——
听说那晚耶稣与他的门徒
在橄榄山上歇着,冷不防来了,
犹大斯带着路,天不亮就干,
树林里密密的火把像火蛇,

蜒着来了,真恶毒,比蛇还毒;
他一上来就亲他主人的嘴,
那是他的信号,耶稣就倒了霉,
赶明儿你看,他的鲜血就在
十字架上冻着!我信他是好人;
就算他坏,也不该让犹大斯
那样肮脏的卖,那样肮脏的卖!
我看着惨,看他生生的让人
钉上十字架去,当贼受罪,我不干!
你没听着怕人的预言?我听说
公道一完事,天地都得昏黑——
我真信,天地都得昏黑——回家罢!

一条金色的光痕(硤石土白)

得罪那,问声点看,
我要来求见徐家格位太太,有点事体……
认真则格位就是太太,真是老太婆哩,
眼睛赤花,连太太都勿认得哩!
是噢,太太,今朝特为打乡下来噢,
乌青青就出门;田里西北风度来野噢,是噢,
太太,为点事体要来求求太太呀!
太太,我拉埭上,东横头,有个老阿太,
姓李,亲丁末……老早死完哩,伊拉格大官官——
李三官,起先到街上来做长年噢,——早几年
成了弱病,田末卖掉,病末始终勿曾好;
格位李家阿太老年格运气真勿好,全靠
场头上东帮帮,西讨讨,吃一口白饭,
每年只有一件绝薄噢棉袄靠过冬噢,
上个月听得话李家阿太流火病发,
前夜子西北风起,我野冻得瑟瑟叫抖,

我心里想李家阿太勿晓得那介哩,
昨日子我一早走到伊屋里,真是罪过!
老阿太已经去哩,冷冰冰噢滚在稻草里,
野勿晓得几时脱气噢,野呒不人晓得!
我野呒不法子,只好去喊拢几个人来,
有人话是饿煞噢,有人话是冻煞噢,
我看一半是老病,西北风野作兴有点噢——
为此我到街上来,善堂里格位老爷
本里一具棺材,我乘便来求求太太,
做做好事,我晓得太太是顶善心噢,
顶好有旧衣裳本格件把,我还想去
买一刀锭箔;我自己屋里野是滑白噢,
我只有五升米烧顿饭本两个帮忙噢吃,
伊拉抬了材,外加收作,饭总要吃一顿噢,
太太是勿是?……嗳,是噢!嗳,是噢!
喔唷,太太认真好来,真体恤我拉穷人……
格套衣裳正好……喔唷,害太太还要
难为洋钿……喔唷,喔唷……我只得
朝太太磕一个响头,代故世噢谢谢!
喔唷,那末真真多谢,真噢,太太……

071

灰色的人生

我想——我想开放我的宽阔的粗暴的嗓音,唱一支野蛮的大胆的骇人的新歌;
我想拉破我的袍服,我的整齐的袍服,露出我的胸膛,肚腹,胁骨与筋络;
我想放散我一头的长发,像一个游方僧似的散披着一头的乱发;
我也想跣我的脚,跣我的脚,在巉牙似的道上,快活地,无畏地走着。

我要调谐我的嗓音,傲慢的,粗暴的,唱一阕荒唐的,摧残的,弥漫的歌调;
我伸出我的巨大的手掌,向着天与地,海与山,无餍地求讨,寻捞;
我一把揪住了西北风,问他要落叶的颜色,
我一把揪住了东南风,问他要嫩芽的光泽;
我蹲身在大海的边旁,倾听他的伟大的酣睡的声浪;

我捉住了落日的彩霞,远山的露霭,秋月的明辉,散放在我的发上,胸前,袖里,脚底……

我只是狂喜地大踏步地向前——向前——口唱着暴烈的,粗伧的,不成章的歌调;
来,我邀你们到海边去,听风涛震撼大空的声调;
来,我邀你们到山中去,听一柄利斧砍伐老树的清音;
来,我邀你们到密室里去,听残废的,寂寞的灵魂的呻吟;
来,我邀你们到云霄外去,听古怪的大鸟孤独的悲鸣;
来,我邀你们到民间去,听衰老的,病痛的,贫苦的,残毁的,受压迫的,烦闷的,奴服的,懦怯的,丑陋的,罪恶的,自杀的,——和着深秋的风声与雨声——合唱的"灰色的人生"!

破　庙

慌张的急雨将我
赶入了黑丛丛的山坳，
迫近我头顶在腾拿，
恶很很的乌龙巨爪；
枣树兀兀的隐蔽着
一座静悄悄的破庙，
我满身的雨点雨块，
躲进了昏沈沈的破庙；

雷雨越发来得大了：
霍隆隆半天里霹雳，
豁喇喇林叶树根苗，
山谷山石，一齐怒号，
千万条的金剪金蛇，
飞入阴森森的破庙，
我浑身战抖，趁电光

估量这冷冰冰的破庙；

我禁不住大声喊嗷；
电光火把似的照耀，
照出我身旁神龛里
一个青面狞笑的神道，
电光去了，霹雳又到，
不见了狞笑的神道，
硬雨石块似的倒泻——
我独身藏躲在破庙；

千年万年应该过了！
只觉得浑身的毛窍，
只听得骇人的怪叫，
只记得那凶恶的神道，
忘了我现在的破庙；
好容易雨收了，雷休了，
血红的太阳，满天照耀，
照出一个我，一座破庙！

恋爱到底是什么一回事

恋爱他到底是什么一回事？——
他来的时候我还不曾出世；
太阳为我照上了二十几个年头；
我只是个孩子，认不识半点愁；
忽然有一天——我又爱又恨那一天——
我心坎里痒齐齐的有些不连牵，
那是我这辈子第一次的上当，
有人说是受伤——你摸摸我的胸膛——
他来的时候我还不曾出世，
恋爱他到底是什么一回事？

这来我变了，一只没笼头的马，
跑遍了荒凉的人生的旷野；
又像是那古时间献璞玉的楚人，
手指着心窝，说这里面有真有真，
你不信时一刀拉破我的心头肉，

看那血淋淋的一掬是玉不是玉；
血！那无情的宰割，我的灵魂！
是谁逼迫我发最后的疑问？

疑问！这回我自己幸喜我的梦醒，
上帝，我没有病，再不来对你呻吟！
我再不想成仙，蓬莱不是我的分；
我只要这地面，情愿安分的做人，——
从此再不问恋爱是什么一回事，
反正他来的时候我还不曾出世！

常州天宁寺闻礼忏声

有如在火一般可爱的阳光里,偃卧在长梗的,杂乱的丛草里,听初夏第一声的鹧鸪,从天边直响入云中,从云中又回响到天边;

有如在月夜的沙漠里,月光温柔的手指,轻轻的抚摩着一颗颗热伤了的砂砾,在鹅绒般软滑的热带的空气里,听一个骆驼的铃声,轻灵的,轻灵的,在远处响着,近了,近了,又远了……

有如在一个荒凉的山谷里,大胆的黄昏星,独自临照着阳光死去了的宇宙,野草与野树默默的祈祷着,听一个瞎子,手扶着一个幼童,铛的一响算命锣,在这黑沈沈的世界里回响着;

有如在大海里的一块礁石上,浪涛像猛虎般的狂扑着,天空紧紧的绷着黑云的厚幕,听大海向那威吓着的风暴,低声的,柔声的,忏悔他一切的罪恶;

有如在喜马拉雅的顶巅,听天外的风,追赶着天外的云的急步声,在无数雪亮的山壑间回响着;

有如在生命的舞台的幕背,听空虚的笑声,失望与痛苦的呼吁声,残杀与淫暴的狂欢声,厌世与自杀的高歌声,在生命的舞台上合奏着;

我听着了天宁寺的礼忏声!

这是那里来的神明?人间再没有这样的境界!

这鼓一声,钟一声,磬一声,木鱼一声,佛号一声……乐音在大殿里,迂缓的,曼长的回荡着,无数冲突的波流谐合了,无数相反的色彩净化了,无数现世的高低消灭了……

这一声佛号,一声钟,一声鼓,一声木鱼,一声磬,谐音盘礴在宇宙间——解开一小颗时间的埃尘,收束了无量数世纪的因果;

这是那里来的大和谐——星海里的光彩,大千世界的音籁,真生命的洪流:止息了一切的动,一切的扰攘;

在天地的尽头,在金漆的殿椽间,在佛像的眉宇间,在我的衣袖里,在耳鬓边,在官感里,在心灵里,在梦里……

在梦里,这一瞥间的显示,青天,白水,绿草,慈母温软的胸怀,是故乡吗?是故乡吗?

光明的翅羽,在无极中飞舞!

大圆觉底里流出的欢喜,在伟大的,庄严的,寂灭的,无疆的,和谐的静定中实现了!

颂美呀,涅槃!赞美呀,涅槃!

毒　药

今天不是我歌唱的日子,我口边涎着狞恶的微笑,不是我说笑的日子。我胸怀间插着发冷光的利刃;

相信我,我的思想是恶毒的因为这世界是恶毒的,我的灵魂是黑暗的因为太阳已经灭绝了光彩,我的声调是像坟堆里的夜鸮因为人间已经杀尽了一切的和谐,我的口音像是冤鬼责问他的仇人因为一切的恩已经让路给一切的怨;

但是相信我,真理是在我的话里虽则我的话像是毒药,真理是永远不含糊的虽则我的话里仿佛有两头蛇的舌,蝎子的尾尖,蜈蚣的触须;只因为我的心里充满着比毒药更强烈,比咒诅更很毒,比火焰更猖狂,比死更深奥的不忍心与怜悯心与爱心,所以我说的话是毒性的,咒诅的,燎灼的,虚无的;

相信我,我们一切的准绳已经埋没在珊瑚土打紧的墓宫里,最劲冽的祭肴的香味也穿不透这严封的地层:一切的准则是死了的;

我们一切的信心像是顶烂在树枝上的风筝,我们手里擎着这进断了的鹞线:一切的信心是烂了的;

相信我,猜疑的巨大的黑影,像一块乌云似的,已经笼盖着人间一切的关系:人子不再悲哭他新死的亲娘,兄弟不再来携着他姊妹的手,朋友变成了寇仇,看家的狗回头来咬他主人的腿:是的,猜疑淹没了一切;在路旁坐着啼哭的,在街心里站着的,在你窗前探望的,都是被奸污的处女:池潭里只见些烂破的鲜艳的荷花;

在人道恶浊的涧水里流着,浮荇似的,五具残缺的尸体,他们是仁义礼智信,向着时间无尽的海澜里流去;

这海是一个不安静的海,波涛猖獗的翻着,在每个浪头的小白帽上分明的写着人欲与兽性;

到处是奸淫的现象,贪心搂抱着正义,猜忌逼迫着同情,懦怯狎亵着勇敢,肉欲侮弄着恋爱,暴力侵陵着人道,黑暗践踏着光明;

听呀,这一片淫猥的声响,听呀,这一片残暴的声响;

虎狼在热闹的市街里,强盗在你们妻子的床上,罪恶在你们深奥的灵魂里……

白　旗

来,跟着我来,拿一面白旗在你们的手里——不是上面写着激动怨毒,鼓励残杀字样的白旗,也不是涂着不洁净血液的标记的白旗,也不是画着忏悔与咒语的白旗(把忏悔画在你们的心里);

你们排列着,噤声的,严肃的,像送丧的行列,不容许脸上留存一丝的颜色,一毫的笑容,严肃的,噤声的,像一队决死的兵士;

现在时辰到了,一齐举起你们手里的白旗,像举起你们的心一样,仰看着你们头顶的青天,不转瞬的,恐惶的,像看着你们自己的灵魂一样;

现在时辰到了,你们让你们煞着,壅着,迸裂着,滚沸着的眼泪流,直流,狂流,自由的流,痛快的流,尽性的流,像山水出峡似的流,像暴雨倾盆似的流……

现在时辰到了,你们让你们咽着,压迫着,挣扎着,汹涌着的声音嚎,直嚎,狂嚎,放肆的嚎,凶狠的嚎,像飓风在大海波涛间的嚎,像你们丧失了最亲爱的骨肉时的嚎……

现在时辰到了,你们让你们回复了的天性忏悔,让眼泪的滚油煎净了的,让嚎恸的雷霆震醒了的天性忏悔,默默的忏悔,悠久的忏悔,沈彻的忏悔,像冷峭的星光照落在一个寂寞的山谷里,像一个黑衣的尼僧匐伏在一座金漆的神龛前;

……

在眼泪的沸腾里,在嚎恸的酣彻里,在忏悔的沈寂里,你们望见了上帝永久的威严。

婴　儿

我们要盼望一个伟大的事实出现,我们要守候一个馨
香的婴儿出世:——
你看他那母亲在她生产的床上受罪!
她那少妇的安详,柔和,端丽,现在在剧烈的阵痛里变
形成不可信的丑恶:你看她那遍体的筋络都在她薄
嫩的皮肤底里暴涨着,可怕的青色与紫色,像受惊的
水青蛇在田沟里急泅似的,汗珠站在她的前额上像
一颗颗的黄豆,她的四肢与身体猛烈的抽搐着,畸屈
着,奋挺着,纠旋着,仿佛她垫着的席子是用针尖编
成的,仿佛她的帐围是用火焰织成的;
一个安详的,镇定的,端庄的,美丽的少妇,现在在阵痛
的惨酷里变形成魔鬼似的可怖:她的眼,一时紧紧的
阖着,一时巨大的睁着,她那眼,原来像冬夜池潭里
反映着的明星,现在吐露着青黄色的凶焰,眼珠像是
烧红的炭火,映射出她灵魂最后的奋斗,她的原来朱
红色的口唇,现在像是炉底的冷灰,她的口颤着,撅

着,扭着,死神的热烈的亲吻不容许她一息的平安,她的发是散披着,横在口边,漫在胸前,像揪乱的麻丝,她的手指间紧抓着几穗拧下来的乱发;

这母亲在她生产的床上受罪:——

但她还不曾绝望,她的生命挣扎着血与肉与骨与肢体的纤微,在危崖的边沿上,抵抗着,搏斗着,死神的逼迫;

她还不曾放手,因为她知道(她的灵魂知道!)这苦痛不是无因的,因为她知道她的胎宫里孕育着一点比她自己更伟大的生命的种子,包涵着一个比一切更永久的婴儿;

因为她知道这苦痛是婴儿要求出世的征候,是种子在泥土里爆裂成美丽的生命的消息,是她完成她自己生命的使命的时机;

因为她知道这忍耐是有结果的,在她剧痛的昏瞀中她仿佛听着上帝准许人间祈祷的声音,她仿佛听着天使们赞美未来的光明的声音;

因此她忍耐着,抵抗着,奋斗着……她抵拼绷断她统体的纤微,她要赎出在她那胎宫里动荡着的生命,在她一个完全,美丽的婴儿出世的盼望中,最锐利,最沈酣的痛感逼成了最锐利最沈酣的快感……

猛 虎 集

据一九三二年十一月新月书店再版排印

序　文

在诗集子前面说话不是一件容易讨好的事。说得近于夸张了自己面上说不过去,过分谦恭又似乎对不起读者。最甘脆的办法是什么话也不提,好歹让诗篇它们自身去承当。但书店不肯同意;他们说如其作者不来几句序言书店做广告就无从着笔。作者对于生意是完全外行,但他至少也知道书卖得好不仅是书店有利益;他自己的版税也跟着像样,所以书店的意思,他是不能不尊敬的。事实上我已经费了三个晚上,想写一篇可以帮助广告的序。可是不相干,一行行写下来只是仍旧给涂掉,稿纸糟蹋了不少张,诗集的序终究还是写不成。

况且写诗人一提起写诗他就不由得伤心。世界上再没有比写诗更惨的事;不但惨,而且寒伧。就说一件事,我是天生不长髭须的,但为了一些破烂的句子,就我也不知曾经捻断了多少根想像的长须!

这姑且不去说它。我记得我印第二集诗的时候曾经表示过此后不再写诗一类的话。现在如何又来了一集,虽则转眼间四个年头已经过去。就算这些诗全是这四年内写的,(实在有几首要早到十三①年份)每年平均也只得十首,一个月还派不到一首,况且又多是短短一橛的。诗固然不能论长短,如同 Whistler② 说画幅是不能用田亩来丈量的。但事实是咱们这年头一口气总是透不长——诗永远是小诗,戏永远是独幕,小说永远是短篇。每回我望到莎士比亚的戏,丹丁的神曲,歌德的浮士德一类作品比方说,我就不由的感到气馁,觉得我们即使有一些声音,那声音是微细得随时可以用一个小姆指给掐死的。天呀!那天我们才可以在创作里看到使人起敬的东西?那天我们这些细桑子才可以豁免混充大花脸的急涨的苦恼?

说到我自己的写诗,那是再没有更意外的事了。我查过我的家谱,从永乐③以来我们家里没有写过一行可供传诵的诗句。在二十四岁以前我对于诗的兴味远不如我对于相对论或民约论的兴味。我父亲送我出洋留学是要我将来进"金融界"的,我自己最高的野心是想做一个中国的Hamilton④!在二十四岁以前,诗,不论新旧,于我是完全没有相干。我这样一个人如果真会成功一个诗人——那还有

---

① 即 1924 年。
② Whistler(1834—1903),通译为惠斯勒,美国画家。
③ 明成祖朱棣的年号(1403—1424)。
④ Hamilton(1757—1804),通译为汉密尔顿,美国政治家。

什么话说？

但生命的把戏是不可思议的！我们都是受支配的善良的生灵，那件事我们作得了主？整十年前我吹着了一阵奇异的风，也许照着了什么奇异的月色，从此起我的思想就倾向于分行的抒写。一份深刻的忧郁占定了我；这忧郁，我信，竟于渐渐的潜化了我的气质。

话虽如此，我的尘俗的成分并没有甘心退让过；诗灵的稀小的翅膀，尽他们在那里腾扑，还是没有力量带了这整份的累坠往天外飞的。且不说诗化生活一类的理想那是谈何容易实现，就说平常在实际生活的压迫中偶尔挣出八行十二行的诗句都是够艰难的。尤其是最近几年，有时候自己想着了都害怕：日子悠悠的过去内心竟可以一无消息，不透一点亮，不见丝纹的动。我常常疑心这一次是真的干了完了的。如同契玦腊①的一身美是问神道通融得来限定日子要交还的，我也时常疑虑到我这些写诗的日子也是什么神道因为怜悯我的愚蠢暂时借给我享用的非分的奢侈。我希望他们可怜一个人可怜到底！

一眨眼十年已经过去。诗虽则连续的写，自信还是薄弱到极点。"写是这样写下了，"我常自己想，"但准知道这就能算是诗吗？"就经验说，从一点意思的晃动到一篇诗的

---

① 泰戈尔同名剧本中的女主人公。

完成,这中间几乎没有一次不经过唐僧取经似的苦难的。诗不仅是一种分娩,它并且往往是难产!这份甘苦是只有当事人自己知道。一个诗人,到了修养极高的境界,如同泰谷尔①先生比方说,也许可以一张口就有精圆的珠子吐出来,这事实上我亲眼见过来的不打谎,但像我这样既无天才又少修养的人如何说得上?

只有一个时期我的诗情真有些像是山洪暴发,不分方向的乱冲。那就是我最早写诗那半年,生命受了一种伟大力量的震撼,什么半成熟的未成熟的意念都在指顾间散作缤纷的花雨。我那时是绝无依傍,也不知顾虑,心头有什么郁积,就付托腕底胡乱给爬梳了去,救命似的迫切,那还顾得了什么美丑!我在短时期内写了很多,但几乎全部都是见不得人面的。这是一个教训。

我的第一集诗——《志摩的诗》——是我十一②年回国后两年内写的;在这集子里初期的汹涌性虽已消减,但大部分还是情感的无关阑的泛滥,什么诗的艺术或技巧都谈不到。这问题一直要到民国十五年我和一多③今甫④一群朋友在《晨报副镌》刊行《诗刊》时方才开始讨论到。一多不

---

① 即泰戈尔(1861—1941)。
② 即 1922 年。
③ 即闻一多(1899—1946)。
④ 即杨振声(1890—1956)。

仅是诗人，他也是最有兴味探讨诗的理论和艺术的一个人。我想这五六年来我们几个写诗的朋友多少都受到《死水》的作者的影响。我的笔本来是最不受羁勒的一匹野马，看到了一多的谨严的作品我方才憬悟到我自己的野性；但我素性的落拓始终不容我追随一多他们在诗的理论方面下任何细密的工夫。

我的第二集诗——《翡冷翠的一夜》——可以说是我的生活上的又一个较大的波折的留痕。我把诗稿送给一多看，他回信说"这比'志摩的诗'确乎是进步了——一个绝大的进步"。他的好话我是最愿意听的，但我在诗的"技巧"方面还是那楞生生的丝毫没有把握。

最近这几年生活不仅是极平凡，简直是到了枯窘的深处。跟着诗的产量也尽"向瘦小里耗"。要不是去年在中大认识了梦家①和玮德②两个年青的诗人，他们对于诗的热情在无形中又鼓动了我奄奄的诗心，第二次又印《诗刊》，我对于诗的兴味，我信，竟可以销沉到几于完全没有。今年在六个月内在上海与北京间来回奔波了八次，遭了母丧，又有别的不少烦心的事，人是疲乏极了的，但继续的行动与北京的风光却又在无意中摇活了我久蛰的

---

① 即陈梦家（1911—1966）。
② 即方玮德（1909—1935）。

性灵。抬起头居然又见到天了。眼睛睁开了心也跟着开始了跳动。嫩芽的青紫,劳苦社会的光与影,悲欢的图案,一切的动,一切的静,重复在我的眼前展开,有声色与有情感的世界重复为我存在;这仿佛是为了要挽救一个曾经有单纯信仰的流入怀疑的颓废,那在帷幕中隐藏着的神通又在那里栩栩的生动:显示它的博大与精微,要他认清方向,再别错走了路。

我希望这是我的一个真的复活的机会。说也奇怪,一方面虽则明知这些偶尔写下的诗句,尽是些"破破烂烂"的,万谈不到什么久长的生命,但在作者自己,总觉得写得成诗不是一件坏事,这至少证明一点性灵还在那里挣扎,还有它的一口气。我这次印行这第三集诗没有别的话说,我只要借此告慰我的朋友,让他们知道我还有一口气,还想在实际生活的重重压迫下透出一些声响来的。

你们不能更多的责备。我觉得我已是满头的血水,能不低头已算是好的。你们也不用提醒我这是什么日子;不用告诉我这遍地的灾荒,与现有的以及在隐伏中的更大的变乱,不用向我说正今天就有千万人在大水里和身子浸着,或是有千千万人在极度的饥饿中叫救命;也不用劝告我说几行有韵或无韵的诗句是救不活半条人命的;更不用指点我说我的思想是落伍或是我的韵脚是根据不合时宜的意识形态的……这些,还有别的很多,我知道,我全知道;你们一说到只是叫我难受又难受。我再没有别的话说,我只要你们记得有一种天教歌唱的鸟不到呕血不住口,它的歌里有它独自知道的别一个世界的愉快,也有它独自知道的悲哀与伤痛的鲜明;诗人也是一种痴鸟,他把他的柔软的心窝紧抵着蔷薇的花刺,口里不住的唱着星月的光辉与人类的希望,非到他的心血滴出来把白花染成大红他不住口。他的痛苦与快乐是浑成的一片。

献　词

那天你翩翩的在空际云游，
自在，轻盈，你本不想停留①
在天的那方或地的那角，
你的愉快是无拦阻的逍遥。

你更不经意在卑微的地面
有一流涧水，虽则你的明艳
在过路时点染了他的空灵，
使他惊醒，将你的倩影抱紧。

他抱紧的只是绵密的忧愁，
因为美不能在风光中静止；
他要，你已飞度万重的山头，
去更阔大的湖海投射影子！

---

① 原诗为"自在，轻你，本不想停留"，疑是错排。

他在为你消瘦,那一流涧水,
在无能的盼望,盼望你飞回!

我等候你

我等候你。
我望着户外的昏黄
如同望着将来,
我的心震盲了我的听。
你怎还不来?希望
在每一秒钟上允许开花。
我守候着你的步履,
你的笑语,你的脸,
你的柔软的发丝,
守候着你的一切;
希望在每一秒钟上
枯死——你在那里?
我要你,要得我心里生痛,
我要你的火焰似的笑,
要你的灵活的腰身,
你的发上眼角的飞星;

我陷落在迷醉的氛围中,

像一座岛,

在蟒绿的海涛间,不自主的在浮沉……

喔,我迫切的想望

你的来临,想望

那一朵神奇的优昙

开上时间的顶尖!

你为什么不来,忍心的?

你明知道,我知道你知道,

你这不来于我是致命的一击,

打死我生命中乍放的阳春,

教坚实如矿里的铁的黑暗,

压迫我的思想与呼吸;

打死可怜的希冀的嫩芽,

把我,囚犯似的,交付给

妒与愁苦,生的羞惭

与绝望的惨酷。

这也许是痴。竟许是痴。

我信我确然是痴;

但我不能转拨一支已然定向的舵,

万方的风息都不容许我犹豫——

我不能回头,运命驱策着我!

我也知道这多半是走向
毁灭的路；但
为了你，为了你
我什么也都甘愿；
这不仅我的热情，
我的仅有的理性亦如此说。
痴！想磔碎一个生命的纤微
为要感动一个女人的心！
想博得的，能博得的，至多是
她的一滴泪，
她的一阵心酸，
竟许一半声漠然的冷笑；
但我也甘愿，即使
我粉身的消息传到
她的心里如同传给
一块顽石，她把我看作
一只地穴里的鼠，一条虫，
我还是甘愿！
痴到了真，是无条件的，
上帝他也无法调回一个
痴定了的心，如同一个将军
有时调回已上死线的士兵。

枉然，一切都是枉然，
你的不来是不容否认的实在，
虽则我心里烧着泼旺的火，
饥渴着你的一切，
你的发，你的笑，你的手脚；
任何的痴想与祈祷
不能缩短一小寸
你我间的距离！
户外的昏黄已然
凝聚成夜的乌黑，
树枝上挂着冰雪，
鸟雀们典去了它们的啁啾，
沈默是这一致穿孝的宇宙。
钟上的针不断的比着
玄妙的手势，像是指点，
像是同情，像是嘲讽，
每一次到点的打动，我听来是
我自己的心的
活埋的丧钟。

春的投生

昨晚上，
再前一晚也是的，
在雷雨的猖狂中
春
　投生入残冬的尸体。

不觉得脚下的松软，
耳鬓间的温驯吗？
树枝上浮着青，
潭里的水漾成无限的缠绵；
再有你我肢体上
胸膛间的异样的跳动；

桃花早已开上你的脸，
我在更敏锐的消受
你的媚，吞咽

你的连珠的笑；

你不觉得我的手臂
更迫切的要求你的腰身，
我的呼吸投射到你的身上
如同万千的飞萤投向光焰？

这些,还有别的许多说不尽的，
和着鸟雀们的热情的回荡，
都在手携手的赞美着
春的投生。

       二月二十八日

拜 献

山,我不赞美你的壮健,
海,我不歌咏你的阔大,
风波,我不颂扬你威力的无边;
但那在雪地里挣扎的小草花,
路旁冥盲中无告的孤寡,
烧死在沙漠里想归去的雏燕,——
给他们,给宇宙间一切无名的不幸,
我拜献,拜献我胸胁间的热,
管里的血,灵性里的光明;
我的诗歌——在歌声嘹亮的一俄顷,
天外的云彩为你们织造快乐,

  起一座虹桥,
  指点着永恒的逍遥,
在嘹亮的歌声里消纳了无穷的苦厄!

渺　小

我仰望群山的苍老，
　他们不说一句话。
阳光描出我的渺小，
　小草在我的脚下。

我一人停步在路隅，
　倾听空谷的松籁；
青天里有白云盘踞——
　转眼间忽又不在。

阔 的 海

阔的海空的天我不需要,
我也不想放一只巨大的纸鹞
上天去捉弄四面八方的风;
　　我只要一分钟
　　我只要一点光
　　我只要一条缝,——
　像一个小孩爬伏
　在一间暗屋的窗前
　望着西天边不死的一条
缝,一点
光,一分
钟。

泰　山[1]

山！
你的阔大的巉岩，
象是绝海的惊涛，
忽地飞来，
　凌空
　不动，
在沉默的承受
日月与云霞拥戴的光豪；
更有万千星斗
　错落
在你的胸怀，
向诉说
隐奥，
蕴藏在
岩石核心与崔嵬的天外！

---

[1]　《猛虎集》目录中有此诗，但诗集正文没有，今补入。

猛　虎（*The Tiger* by William Blake）①

猛虎，猛虎，火焰似的烧红
在深夜的莽丛，
何等神明的巨眼或是手
能擘画你的骇人的雄厚？

在何等遥远的海底还是天顶
烧着你眼火的纯晶？
跨什么翅膀他胆敢飞腾？
凭什么手敢禽住那威棱？

是何等肩腕，是何等神通，
能雕镂你的藏府的系统？
等到你的心开始了活跳，
何等震惊的手，何等震惊的脚？

---

① William Blake(1757—1827)，通译为布莱克，英国诗人、版画家。本诗为徐志摩的译诗。

椎的是什么锤？使的什么练？
在什么洪炉里熬炼你的脑液？
什么砧座，什么骇异的拿把，
胆敢它的凶恶的惊怕擒抓？

当群星放射它们的金芒，
满天上泛滥着它们的泪光，
见到他的工程，他露不露笑容？
造你的不就是那造小羊的神工？

猛虎，猛虎，火焰似的烧红
在深夜的莽丛，
何等神明的巨眼或是手
胆敢擘画你的惊人的雄厚？

五月一日

"他眼里有你"

我攀登了万仞的高冈,
荆棘扎烂了我的衣裳,
我向飘渺的云天外望——
　　上帝,我望不见你!

我向坚厚的地壳里掏,
捣毁了蛇龙们的老巢,
在无底的深潭里我叫——
　　上帝,我听不到你!

我在道旁见一个小孩:
活泼,秀丽,褴褛的衣衫;
他叫声妈,眼里亮着爱——
　　上帝,他眼里有你!

　　　　　　　　十一月二日星家坡

在不知名的道旁(印度)

什么无名的苦痛,悲悼的新鲜,
什么压迫,什么冤曲,什么烧烫
你体肤的伤,妇人,使你蒙着脸
在这昏夜,在这不知名的道旁,
任凭过往人停步,讶异的看你,
你只是不作声,黑绵绵的坐地?

还有蹲在你身旁悚动的一堆,
一只小黑眼闪荡着异样的光,
像暗云天偶露的星晞,她是谁?
疑惧在她脸上,可怜的小羔羊,
她怎知道人生的严重,夜的黑,
她怎能明白运命的无情,惨刻?

聚了,又散了,过往人们的讶异。
刹那的同情也许;但他们不能
为你停留,妇人,你与你的儿女;

伴着你的孤单,只昏夜的阴沈,
与黑暗里的萤光,飞来你身旁,
来照亮那小黑眼闪荡的星芒!

车　上

这一车上有各等的年岁,各色的人:
有出须的,有奶孩,有青年,有商,有兵;
也各有各的姿态:傍着的,躺着的,
张眼的,闭眼的,向窗外黑暗望着的。

车轮在铁轨上辗出重复的繁响,
天上没有星点,一路不见一些灯亮;
只有车灯的幽辉照出旅客们的脸,
他们老的少的,一致声诉旅程的疲倦。

这时候忽然从最幽暗的一角发出
歌声:像是山泉,像是晓鸟,蜜甜,清越,
又像是荒漠里点起了通天的明燎,
它那正直的金焰投射到遥远的山坳。

她是一个小孩,欢欣摇开了她的歌喉;
在这冥盲的旅程上,在这昏黄时候,

像是奔发的山泉,像是狂欢的晓鸟,
她唱,直唱得一车上满是音乐的幽妙。

旅客们一个又一个的表示着惊异,
渐渐每一个脸上来了有光辉的惊喜:
买卖的,军差的,老辈,少年,都是一样,
那吃奶的婴儿,也把它的小眼开张。

她唱,直唱得旅途上到处点上光亮,
层云里翻出玲珑的月和斗大的星,
花朵,灯彩似的,在枝头竞赛着新样,
那细弱的草根也在摇曳轻快的青萤!

车 眺

一

我不能不赞美
这向晚的五月天；
怀抱着云和树
那些玲珑的水田。

二

白云穿掠着晴空，
像仙岛上的白燕！
晚霞正照着它们，
白羽镶上了金边。

三

背着轻快的晚凉,
牛,放了工,呆着做梦;
孩童们在一边蹲;
想上牛背,美,逗英雄!

四

在绵密的树荫下,
有流水,有白石的桥,
桥洞下早来了黑夜,
流水里有星在闪耀。

五

绿是豆畦,阴是桑树林,
幽郁是溪水傍的草丛,
静是这黄昏时的田景,
但你听,草虫们的飞动!

六

月亮在昏黄里上妆
太阳心慌的向天边跑；
他怕见她，他怕她见，——
怕她见笑一脸的红糟！

再别康桥

轻轻的我走了,
　　正如我轻轻的来;
我轻轻的招手,
　　作别西天的云彩。

那河畔的金柳,
　　是夕阳中的新娘;
波光里的艳影,
　　在我的心头荡漾。

软泥上的青荇,
　　油油的在水底招摇:
在康河的柔波里,
　　我甘心做一条水草!

那榆荫下的一潭,

不是清泉,是天上虹,
揉碎在浮藻间,
　　沉淀着彩虹似的梦。

寻梦?撑一支长篙,
　　向青草更青处漫溯,
满载一船星辉,
　　在星辉斑斓里放歌。

但我不能放歌,
　　悄悄是别离的笙箫;
夏虫也为我沉默,
　　沉默是今晚的康桥!

悄悄的我走了,
　　正如我悄悄的来;
我挥一挥衣袖,
　　不带走一片云彩。

　　　　　　　十一月六日中国海上

干 着 急

朋友,这干着急有什么用,
喝酒玩吧,这槐树下凉快;
看槐花直掉在你的杯中——
别嫌它;这也是一种的爱。

胡知了到天黑还在直叫
(她为我的心跳还不一样?)
那紫金山头有夕阳返照
(我心头,不是夕阳,是惆怅!)

这天黑得草木全变了形
(天黑可盖不了我的心焦;)
又是一天,天上点满了银
(又是一天,真是,这怎么好!)

秀山公园八月二十七日

俘虏颂

我说朋友,你见了没有,那俘虏:
　　拼了命也不知为谁,
　　提着杀人的凶器,
　　带着杀人的恶计,
　　趁天没有亮,堵着嘴,
望长江的浓雾里悄悄的飞渡;

趁太阳还在崇明岛外打盹,
　　满江心只是一片阴,
　　破着褴褛的江水,
　　不提防冤死的鬼,
　　爬在时间背上讨命,
挨着这一船船替死来的接吻;

他们摸着了岸就比到了天堂:
　　顾不得险,顾不得潮,

一耸身就落了地

（梦里的青蛙惊起，）

踹烂了六朝的青草，

燕子矶的嶙峋都变成了康庄！

干什么来了，这"大无畏"的精神？

算是好男子不怕死？——

为一个人的荒唐，

为几元钱的奖赏，

闯进了魔鬼的圈子，

供献了身体，在乌龙山下变粪？

看他们今儿个做俘虏的光荣！

身上脸上全挂着彩，

眉眼糊成了玫瑰，

口鼻裂成了山水，

脑袋顶着朵大牡丹，

在夫子庙前，在秦淮河边寻梦！

九月四日

此诗原投现代评论，刊出后编辑先生来信，说他擅主割去了末了一段,因为有了那一段诗意即成了"反革命,"剪了那一段则是"绝妙的一首革命诗",因而为报也为作者,他决意割去了那条不革命的尾巴！我原稿就只那一份,割去那一段我也记不起,重做也不愿意,要删又有朋友不让,所以就让它照这"残样"站着吧。

　　　　　　　　　　　　志　摩

秋　虫

秋虫，你为什么来？人间
早不是旧时候的清闲；
这青草，这白露，也是呆：
再也没有用，这些诗材！
黄金才是人们的新宠，
她占了白天，又霸住梦！
爱情：像白天里的星星，
她早就回避，早没了影。
天黑它们也不得回来，
半空里永远有乌云盖。
还有廉耻也告了长假，
他躲在沙漠地里住家；
花尽着开可结不成果，
思想被主义奸污得苦！
你别说这日子过得闷，
晦气脸的还在后面跟！

这一半也是灵魂的懒,
他爱躲在园子里种菜
"不管,"他说:"听他往下丑——
变猪,变蛆,变蛤蟆,变狗……
过天太阳羞得遮了脸,
月亮残阙了再不肯圆,
到那天人道真灭了种,
我再来打——打革命的钟!"

一九二七年秋

西　窗

（一）

这西窗
这不知趣的西窗放进
四月天时下午三点钟的阳光
一条条直的斜的羼躺在我的床上；

放进一团捣乱的风片
搂住了难免处女羞的花窗帘，
呵她痒，腰湾里，脖子上，
羞得她直飐在半空里，刮破了脸；

放进下面走道上洗被单
衬衣大小毛巾的胰子味，
厨房里饭焦鱼腥蒜苗是腐乳的沁芳南，
还有弄堂里的人声比狗叫更显得松脆。

(二)

当然不知趣也不止是这西窗,
但这西窗是够顽皮的,
它何尝不知道这是人们打中觉的好时光!
拿一件衣服,不,拿这条绣外国花的毛毯,
　堵死了它,给闷死了它:
耶稣死了我们也好睡觉!

直着身子,不好,弯着来,
学一只卖弄风骚的大龙虾,
在清浅的水滩上引诱水波的荡意!
对呀,叫迷离的梦意像浪丝似的
爬上你的胡须,你的衣袖,你的呼吸……

你对着你脚上又新破了一个大窟窿的袜子发楞或是
　忙着送玲巧的手指到神秘的胳支窝搔痒——可不是
　搔痒的时候
你的思想不见会得长上那拿把不住的大翅膀:

谢谢天,这是烟土披里纯①来到的刹那间

---

　① 英语"inspiration"的音译,即"灵感"。

因为有窟窿的破袜是绝对的理性,
胳支窝里虱类的痒是不可怀疑的实在。

(三)

香炉里的烟,远山上的雾,人的贪嗔和心机;
经络里的风湿,话里的刺,笑脸上的毒,
谁说这宇宙这人生不够富丽的?

你看那市场上的盘算,比那矗着大烟筒
走大洋海的船的肚子里的机轮更来得复杂,
血管里疙瘩着几两几钱,几钱几两,
脑子里也不知那来这许多尖嘴的耗子爷?

还有那些比柱石更重实的大人们,他们也有他们的盘
　算;
他们手指间夹着的雪茄虽则也冒着一卷卷成云彩的
　烟,
但更曲折,更奥妙,更像长虫的翻戏,
是他们心里的算计,怎样到意大利喀辣辣矿山①里去搬

---

① Carrara,通译为卡拉拉,是意大利一个城市,盛产大理石。

运一个大石座来站他一个

　　足够与灵龟比赛的年岁,

何况还有波斯兵的长枪,匈奴的暗箭……

再有从上帝的创造里单独创造出来曾向农商部呈请

　　创造专利的文学先生们,这是个奇迹的奇迹,

正如狐狸精对着月光吞吐她的命珠,

他们也是在月光勾引潮汐时学得他们的职业秘密。

青年的血,尤其是滚沸过的心血,是可口的:——

他们借用普罗列塔里亚①的瓢匙在彼此请呀请的舀着

　　喝。

他们将来铜像的地位一定望得见朱温张献宗②的。

绣着大红花的俄罗斯毛毯方才拿来蒙住西窗的也不

　　知怎的滑溜了下来,不容做梦人继续他的冒险,

但这些滑腻的梦意钻软了我的心

像春雨的细脚踹软了道上的春泥。

西窗还是不挡着的好,虽则弄堂里的人声

　　有时比狗叫更显得松脆。

这是谁说的:"拿手擦擦你的嘴,

---

① 英语"proletariat"的音译,即"无产阶级"。
② 应为"张献忠"。

这人间世在洪荒中不住的转,
像老妇人在空地里检可以当柴烧的材料?"

怨　得

怨得这相逢；
谁作的主？——风！

也就一半句话，
露水润了枯芽。

黑暗——放一箭光；
飞蛾:他受了伤。

偶然,真是的。
惆怅？喔何必！

　　　　　　伦敦旅次九月

深　夜

深夜里，街角上，
梦一般的灯芒。

烟雾迷里着树！
怪得人错走了路？

"你害苦了我——冤家！"
她哭，他——不答话。

晓风轻摇着树尖：
掉了，早秋的红艳。

伦敦旅次九月

季　候

（一）

他俩初起的日子，
像春风吹着春花。
花对风说"我要，"
风不回话:他给！

（二）

但春花早变了泥，
春风也不知去向。
她怨,说天时太冷；
"不久就冻冰",他说。

杜　鹃

杜鹃,多情的鸟,他终宵唱:
在夏荫深处,仰望着流云
飞蛾似围绕亮月的明灯,
星光疏散如海滨的渔火,
甜美的夜在露湛里休憩,
他唱,他唱一声"割麦插禾",——
农夫们在天放晓时惊起。
多情的鹃鸟,他终宵声诉,
是怨,是慕,他心头满是爱,
满是苦,化成缠绵的新歌,
柔情在静夜的怀中颤动;
他唱,口滴着鲜血,斑斑的,
染红露盈盈的草尖,晨光
轻摇着园林的迷梦;他叫,
他叫,他叫一声"我爱哥哥!"

黄　鹂

　　一掠颜色飞上了树。
　　"看，一只黄鹂！"有人说。
　　翘着尾尖，它不作声，
　　艳异照亮了浓密——
　　像是春光，火焰，像是热情。

　　等候它唱，我们静着望，
　　怕惊了它。但它一展翅，
　　冲破浓密，化一朵彩云；
　　它飞了，不见了，没了——
　　像是春光，火焰，像是热情。

秋　月

一样是月色,
今晚上的,因为我们都在抬头看——
看它,一轮腴满的妩媚,
从乌黑得如同暴徒一般的
云堆里升起——
看得格外的亮,分外的圆。
它展开在道路上,
它飘闪在水面上,
它沈浸在
水草盘结得如同忧愁般的
水底;
它睥睨在古城的雉堞上,
万千的城砖在它的清亮中
呼吸,
它抚摩着
错落在城厢外内的墓墟,

在宿鸟的断续的呼声里，
想见新旧的鬼，
也和我们似的相依偎的站着，
眼珠放着光，
咀嚼着彻骨的阴凉；
银色的缠绵的诗情
如同水面的星磷，
在露盈盈的空中飞舞。
听那四野的吟声——
永恒的卑微的谐和，
悲哀揉和着欢畅，
怨仇与恩爱，
晦冥交抱着火电，
在这夐绝的秋夜与秋野的
苍茫中，
"解化"的伟大
在一切纤微的深处
展开了
婴儿的微笑！

      十月中

山　中

　　　　庭院是一片静，
　　　　　听市谣围抱；
　　　　织成一地松影——
　　　　　看当头月好！

　　　不知今夜山中
　　　　是何等光景；
　　　想也有月，有松，
　　　　有更深的静。

　　　我想攀附月色，
　　　　化一阵清风，
　　　吹醒群松春醉，
　　　　去山中浮动；

　　　吹下一针新碧，

掉在你窗前；
轻柔如同叹息——
不惊你安眠！

四月一日

两个月亮

我望见有两个月亮：
一般的样，不同的相。

一个这时正在天上，
披敞着雀毛的衣裳；
她不吝惜她的恩情，
满地全是她的金银。
她不忘故宫的琉璃，
三海间有她的清丽。
她跳出云头，跳上树，
又躲进新绿的藤萝。
她那样玲珑，那样美，
水底的鱼儿也得醉！
但她有一点子不好，
她老爱向瘦小里耗；
有时满天只见星点，

没了那迷人的圆脸,
虽则到时候照样回来,
但这份相思有些难挨!

还有那个你看不见,
虽则不提有多么艳!
她也有她醉涡的笑,
还有转动时的灵妙;
说慷慨她也从不让人,
可惜你望不到我的园林!
可贵是她无边的法力,
常把我灵波向高里提:
我最爱那银涛的汹涌,
浪花里有音乐的银钟;
就那些马尾似的白沫,
也比得珠宝经过雕琢。
　一轮完美的明月,
　　又况是永不残缺!
只要我闭上这一双眼,
她就婷婷的升上了天!

四月二日月圆深夜

给——

我记不得维也纳,
　　除了你,阿丽思①;
我想不起佛兰克府②,
　　除了你,桃乐斯③;
尼司④,佛洛伦司⑤,巴黎,
　　也都没有意味,
要不是你们的艳丽,——
　　玖思⑥,麦蒂特,腊妹,
翩翩的,盈盈的,

---

① Alice Meynell(1847—1922),通译为艾丽丝·梅内尔夫人,英国女诗人。
② 通译为法兰克福,德国城市。
③ Dorothy Wordsworth(1771—1855),英国女诗人。
④ 通译为尼斯,法国城市。
⑤ 通译为佛罗伦萨,意大利城市。
⑥ 曼斯菲尔德(Katherine Mansfield,1888—1923)小说《园会》中的人物。

孜孜的,婷婷的,
照亮着我记忆着幽黑,
　像冬夜的明星,
　　像暑夜的游萤,——
怎教我不倾颓!
怎教我不迷醉!

一块晦色的路碑

脚步轻些,过路人!
休惊动那最可爱的灵魂,
如今安眠在这地下,
有绛色的野草花掩护她的余烬。

你且站定,在这无名的土阜边,
任晚风吹弄你的衣襟;
倘如这片刻的静定感动了你的悲悯,
让你的泪珠圆圆的滴下——
为这长眠著的美丽的灵魂!

过路人,假如你也曾
在这人间不平的道上颠顿,
让你此时的感愤凝成最锋利的悲悯,
在你的激震著的心叶上,
刺出一滴,两滴的鲜血——
为这遭冤曲的最纯洁的灵魂!

歌(冠列士丁娜·罗塞蒂)[①]

我死了的时候,亲爱的,
　别为我唱悲伤的歌;
我坟上不必安插蔷薇,
　也无须浓荫的柏树;
让盖着我的青青的草
　零着雨,也沾着露珠;
假如你愿意,请记着我,
　要是你甘心,忘了我,

我再不见地面的青荫,
　觉不到雨露的甜蜜;
再听不见夜莺的歌喉
　在黑夜里倾吐悲啼;

[①] Christina Rossetti(1830—1894),英国女诗人。本诗为徐志摩的译诗。

在悠久的昏暮中迷惘,
　阳光不升起,也不消翳;
我也许,也许我记得你,
　我也许,我也许忘记。

诔　词(安诺得)[①]

　　散上玫瑰花,散上玫瑰花,
　　　休掺杂一小枝的水松!
　　在寂静中她寂静的解化;
　　　阿!但愿我亦永终。

　　她是个希有的欢欣,人间
　　　曾经她喜笑的洗净,
　　但倦了是她的心,倦了,可怜,
　　　这回她安眠了,不再苏醒。

　　在火热与扰攘的迷阵中
　　　旋转,旋转着她的一生;
　　但和平是她灵魂的想望,——
　　　和平是她的了,如今。

---

① Matthew Arnold(1822—1888),英国诗人。本诗为徐志摩的译诗。

局促在人间,她博大的神魂,
　何曾享受呼吸的自由;
今夜,在这静夜,她独自的攀登
　那死的插天的高楼。

枉　然

你枉然用手锁着我的手，
女人，用口噙住我的口，
枉然用鲜血注入我的心，
火烫的泪珠见证你的真；

迟了！你再不能叫死的复活，
从灰土里唤起原来的神奇：
纵然上帝怜念你的过错，
他也不能拿爱再交给你！

生　活

阴沈,黑暗,毒蛇似的蜿蜒,
生活逼成了一条甬道:
一度陷入,你只可向前,
手扪索着冷壁的黏潮,

在妖魔的脏腑内挣扎,
头顶不见一线的天光,
这魂魄,在恐怖的压迫下,
除了消灭更有什么愿望?

　　　　　　　　　五月二十九日

残　春

昨天我瓶子里斜插着的桃花
是朵朵媚笑在美人的腮边挂；
今儿它们全低了头，全变了相：——
红的白的尸体倒悬在青条上。

窗外的风雨报告残春的运命，
丧钟似的音响在黑夜里叮咛：
"你那生命的瓶子里的鲜花也
变了样：艳丽的尸体，谁给收殓？"

残　破

（一）

深深的在深夜里坐着：
当窗有一团不圆的光亮，
　　风挟着灰土，在大街上
　　小巷里奔跑：
我要在枯秃的笔尖上袅出
一种残破的残破的音调，
为要抒写我的残破的思潮。

（二）

深深的在深夜里坐着：
生尖角的夜凉在窗缝里
　　妒忌屋内残余的暖气，
　　也不饶恕我的肢体：

但我要用我半干的墨水描成
一些残破的残破的花样，
因为残破，残破是我的思想。

(三)

深深的在深夜里坐着，
左右是一些丑怪的鬼影：
　焦枯的落魄的树木
　　在冰沈沈的河沿叫喊，
　　　比着绝望的姿势，
正如我要在残破的意识里
重兴起一个残破的天地。

(四)

深深的在深夜里坐着，
闭上眼回望到过去的云烟：
啊，她还是一枝冷艳的白莲，
　斜靠着晓风，万种的玲珑；
但我不是阳光，也不是露水，
我有的只是些残破的呼吸，

如同封锁在壁橼间的群鼠,
追逐着,追求着黑暗与虚无!

活　该

活该你早不来!
热情已变死灰。

提什么已往?——
枯骸的磷光!

将来?——各走各的道,
长庚管不着"黄昏晓"。

爱是痴,恨也是傻;
谁点得清恒河的沙?

不论你梦有多么圆,
周围是黑暗没有边。

比是消散了的诗意,

趁早掩埋你的旧忆。

这苦脸也不用装,
到头儿总是个忘!

得!我就再亲你一口:
热热的!去,再不许停留。

卑 微

卑微,卑微,卑微;
风在吹
无抵抗的残苇:

枯槁它的形容,
心已空,
音调如何吹弄?

它在向风祈祷:
"忍心好,
将我一拳椎倒;

"也是一宗解化——
本无家,
任飘泊到天涯!"

"我不知道风是在那一个方向吹"

我不知道风
是在那一个方向吹——
我是在梦中,
在梦的轻波里依洄。

我不知道风
是在那一个方向吹——
我是在梦中,
她的温存,我的迷醉。

我不知道风
是在那一个方向吹——
我是在梦中,
甜美是梦里的光辉。

我不知道风

是在那一个方向吹——
我是在梦中,
她的负心,我的伤悲。

我不知道风
是在那一个方向吹——
我是在梦中,
在梦的悲哀里心碎!

我不知道风
是在那一个方向吹——
我是在梦中,
黯淡是梦里的光辉。

哈　代[①]

哈代，厌世的，不爱活的，
　　这回再不用怨言，
一个黑影蒙住他的眼？
　　去了，他再不漏脸。

八十八年不是容易过，
　　老头活该他的受，
抗着一肩思想的重负，
　　早晚都不得放手。

为什么放着甜的不尝，
　　暖和的座儿不坐，
偏挑那阴凄的调儿唱，
　　辣味儿辣得口破。

[①] Thomas Hardy(1840—1928)，英国诗人、小说家。

他是天生那老骨头僵,
　一对眼拖着看人,
他看着了谁谁就遭殃,
　你不用跟他讲情!

他就爱把世界剖着瞧,
　是玫瑰也给拆坏;
他没有那画眉的纤巧,
　他有夜鸮的古怪!

古怪,他争的就只一点——
　一点"灵魂的自由",
也不是成心跟谁翻脸,
　认真就得认个透。

他可不是没有他的爱——
　他爱真诚,爱慈悲:
人生就说是一场梦幻,
　也不能没有安慰。

这日子你怪得他惆怅,

怪得他话里有刺,
他说乐观是"死尸脸上
　　抹着粉,搽着胭脂!"

这不是完全放弃希冀,
　　宇宙还得往下延,
但如果前途还有生机,
　　思想先不能随便。

为维护这思想的尊严,
　　诗人他不敢怠惰,
高擎着理想,睁大着眼,
　　抉剔人生的错误。

现在他去了,再不说话。
　　(你听这四野的静,)
你爱忘了他就忘了他
　　(天吊明哲的凋零!)

　　　　　　　　　旧历元旦

哈代八十六岁诞日自述[①]

好的,世界,你没有骗我,
　你没有冤我,
你说怎么来是怎么来,
你的信用倒真是不坏。
打我是个孩子我常躺
在青草地里对着天望,
说实话我从不曾希冀
　人生有多么艳丽。

打头儿你说,你常在说,
　你说了又说,
你在那云天里,山林间,
散播你的神秘的语言:
"有多人爱我爱过了火,

---

① 本诗为徐志摩的译诗。

有的态度始终是温和,
也有老没有把我瞧起,
　　到死还是那怪僻。

"我可从不曾过分应承。
　　孩子;从不过分;
做人红黑是这么回事,"
你要我明白你的意思。
正亏你把话说在头里,
我不踌躇的信定了你,
要不然每年来的烦恼
　　我怎么支持得了?

对　月 (哈代)[①]

"现在你是倦了老了的,不错,月,
　　但在你年青的时候,
你倒是看着了些个什么花头?"
"阿！我的眼福真不小,有的事儿甜,
　　有的庄严,也有叫人悲愁,
黑夜,白天,看不完那些寒心事件,
　　在我年青青的时候。"

"你是那么孤高那么远,真是的,月,
　　但在你年少的时光,
你倒是转着些个怎么样的感想?"
"阿我的感想,那样不叫我低着头
　　想,新鲜的变旧,少壮的亡,
民族的兴衰,人类的疯颠与荒谬,

---

① 本诗为徐志摩的译诗。

那样不动我的感想?"

"你是远离着我们这个世界,月,
　　但你在天空里转动,
有什么事儿打岔你自在的心胸?"
"阿,怎么没有,打岔的事儿当然有,
　　地面上异样的徵角商宫,
说是人道的音乐,在半空里飘浮,
　　打岔我自在的转动。"

"你倒是干脆发表一句总话,月,
　　你已然看透了这回事,
人生究竟是有还是没有意思?"
"阿,一句总话,把它比作一台戏,
　　尽做怎不叫人烦死,
上帝他早该喝一声'幕闭',
　　我早就看腻了这回事。"

一个星期(哈代)①

星一那晚上我关上了我的门,
心想你满不是我心里的人,
此后见不见面都不关要紧。

到了星期二那晚上我又想到
你的思想;你的心肠,你的面貌,
到底不比得平常,有点儿妙。

星三那晚上我又想起了你,
想你我要合成一体总是不易,
就说机会又叫你我凑在一起。

星四中上我思想又换了样;
我还是喜欢你,我俩正不妨

---

① 本诗为徐志摩的译诗。

亲近的住着,管它是短是长。

星五那天我感到一阵心震,
当我望着你住的那个乡村,
说来你还是我亲爱的,我自认。

到了星期六你充满了我的思想,
整个的你在我的心里发亮,
女性的美那样不在你的身上?

像是只顺风的海鸥向着海飞,
到星期晚上我简直的发了迷,
还做什么人这辈子要没有你!

死　尸 *Une Charogne* by Charles Baudelaire *Les Fleurs du Mal* ①

我爱,记得那一天好天气
　　你我在路旁见着那东西;
横躺在乱石与蔓草里,
　　一具溃烂的尸体。

它直开着腿,荡妇似的放肆,
　　泄漏着秽气,沾恶腥的黏味,
它那痈溃的胸腹也无有遮盖,
　　没忌惮的淫秽。

火热的阳光照临着这腐溃,
　　化验似的蒸发,煎煮,消毁,

---

① Charles Baudelaire (1821—1867),通译为夏尔·波德莱尔,法国诗人。*Les Fleurs du Mal*,即《恶之花》。《死尸》是其中一首。本诗为徐志摩的译诗。

解化着原来组成整体的成分
　　重向自然返归。

青天微粲的俯看着这变态，
　　仿佛是眷注一茎向阳的朝卉；
那空气里却满是秽息，难堪，
　　多亏你不曾昏醉，

大群的蝇蚋在烂肉间喧哄，
　　酝酿着细蛆，黑水似的汹涌，
他们吞噬着生命的遗悦，
　　啊，报仇似的凶猛。

那蛆群潮澜似的起落，
　　无餍的飞虫仓皇的争夺：
转像是无形中有生命的吹息，
　　巨量的微生滋育。

丑恶的尸体，从这繁生的世界，
　　仿佛有风与水似的异乐纵泻。
又像是在风车旋动的和音中，
　　谷衣急雨似的四射。

眼前的万象迟早不免消翳,
　　梦幻似的,只模糊的轮廓存遗,
有时在美术师的腕底,不期的,
　　掩映着辽远的回忆。

在那磐石的后背躲着一只野狗,
　　它那火赤的眼睛向着你我守候,
它也撕下了一块烂肉,愤愤的,
　　等我们过后来享受。

就是我爱,也不免一般的腐朽,
　　这样恶腥的传染,谁能忍受——
你,我愿望的明星！照我的光明！
　　这般的纯洁,温柔！

是呀,就你也难免,美丽的后,
　　等到那最后的祈祷为你诵咒,
这美妙的丰姿也不免到泥草里,
　　与陈死人共朽。

因此,我爱呀,吩咐那趑趄的虫蠕,

他来亲吻你的生命,吞噬你的体肤,
说我的心永远葆着你的妙影,
　　即使你的肉化群蛆!

　　　　　　　　　　十三年十二月